Heute, morgen und dann

edition innsalz

Effi Grieg-Gemeinhardt
Heute, morgen und dann
herausgegeben von:
Wolfgang Maxlmoser

© edition innsalz
Ranshofen
A-5282 Ranshofen/Osternberg,
Ranshofnerstraße 24a/A2
Telefon: ++43/664/3382412
Fax: ++43/7722/64666-4
Homepage: www.edition-innsalz.at
e-mail: edition.innsalz@ivnet.co.at

ISBN 10: 3-900050-97-X
ISBN 13: 978-3-900050-97-9
1. Auflage 2006

Texte: Effi Grieg-Gemeinhardt
Ölgemälde: Effi Grieg-Gemeinhardt
e-mail: h.gem@gemeinhardt.at
Kunstfotos: Ronald Kreimel
www.ronkreimel.com
Gestaltung: Wolfgang Ströher

Effi Grieg-Gemeinhardt

Heute, morgen und dann

Inhalt

Zum Geleit	11
Gegenwart und Zukunft	12
Liebevoll	15
Zauberwerk	16
Erkennen	19
Mehr oder weniger	20
Vertrautheit	21
Die Elfe	22
Das Paradies	25
Der Augenblick	26
Das Haus am Morgen	29
Der Sommertag	30
Der nahende Herbst	33
Herbst	34
Der nahende Winter	35
Vorbei	36
Du suchst das Licht	39
Abgrund	40
Harmonie	43
Das kleine Licht	44
Verblendetes Leben	45
Tod und Leben	46
Last	49
Nimm dir	50
Dies und das	53
Die Statue	54
Die zerrissene Kreatur	57
Ein glücklicher Tag	58
Der Tisch	60
Melancholie	62

Meine Welt	64
Hoch oben	65
Leerer Blick	66
Das Schiff	67
Gedanken	68
Du	69
Der steinerne Weg	70
Verstehst du	71
Ich laufe	72
Der Schatten	73
Zwang	74
Das Theater	75
Einsamkeit	76
Der Heilige Krieg	79
Die Orientierung	80
Der Sturm	81
Das zarte Blatt	82
Der Vogel	85
Das goldene Feld	86
Der Baum	87
Die weiße Lilie	88
Der Grashalm	90
Die weiße Blüte	91
Düfte	92
Im Garten der Glückseligkeit	94
Irrweg	96
Ich komme bald	98
Nichts zählt	101
Glück	102
Danach	107
Der Mensch	108

Zum Geleit

Die Gedanken
fliegen
heute
morgen
die Gedanken
verweilen
dann
bleiben stehen
tief
in sich
versunken
tauchen auf
hinein
in das
heute
schön
leicht
in das
morgen
hell
klar
und dann
in ewige
Weiten.

Gegenwart und Zukunft

Versunken in
der Erinnerung
ist der Blick
ungläubig und starr
auf die Gegenwart
gerichtet
die
die Brutalität
nicht
im Keim erstickt
sondern
sie nährt
und kraftvoll
bis zum Austritt
wachsen lässt.

Der Untergang
ist programmiert.

Die neu
sprießenden
Knospen der
Liebe
lassen hoffen.

Liebevoll

Liebevoll
zieht aus dem Dunkel
dieser Nacht
der Morgen
in das Leben ein.

Zauberwerk

Ein Zauberwerk
ist die Schönheit
des Körpers

die Vollendung
und Umhüllung
die nur
kurze Zeit
darin
eingebettet ruht
und wartet
was geschieht.

Das Leben
ist auch
ihr Schicksal.

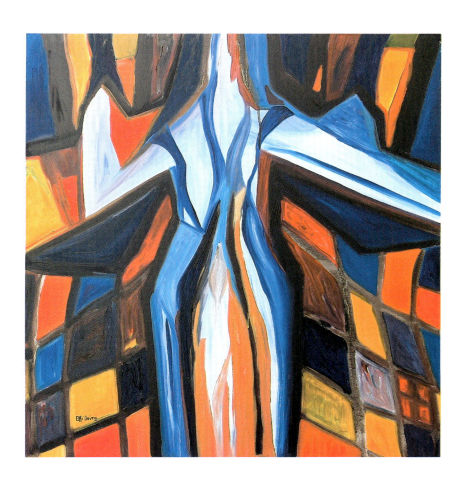

Erkennen

Erkenne dich
im Antlitz
der Gegenwart.

Der nächste Moment
lässt dich
Vergangenheit
sein.

Mehr oder weniger

Mehr oder weniger
bist du
glücklich
mit dem
was die Zeit
dir bereitet.

Mehr oder weniger
liebst du
den
oder das
was stets
dich begleitet.

Mehr oder weniger
ändere dein Ziel.
Es wartet
auf dich.

Vertrautheit

Vertrautheit
ist das
echte Zuhause
eines Menschen
der unsicher
und schwach
im Leben steht.

Vertrautheit
sind die
Ausgeglichenheit
und das Glück
wenn
ein Mensch
auf der Straße
der Verwirrung
geht.

Vertrautheit
ist viel.

Die Elfe

Eine kleine
versteckte Hütte
birgt die
Unterkunft
des elfenhaften
Wesens
dessen Erscheinung
einem unvergessenen
Traume gleicht.

Ein wunderbarer
Gesang
begleitet
das Rauschen
des Windes.
Die Bewegung
der Halme
ist der
Tanz
im endlosen Glück
der vergessenen
Musik.

Das Paradies

Das Paradies
wie es ist
groß, weit
hell.

Der Gedanke
fliegt dahin
lässt alles
hinter sich
und wird
nicht
wiederkehren.

Der Augenblick

Mit zarter
Hand
streichle ich
jetzt
dein Gesicht.

Du schließt
die Augen
fühlst dich
zufrieden.

Du willst
die Zukunft
nicht.

Der Augenblick
ist Gewissheit.
Und Harmonie.

Das Haus am Morgen

Das Haus
steht im Schatten
am Morgen
des aufgehenden
Tages.
Es dreht
sich
scheinbar
denn in der
wachsenden Zeit
wird es hell
und der
Schatten
fällt hinunter
in das
unergründliche
Tal.

Der Sommertag

Der heiße Atem
des Sommertages
lässt mich
auf die
kühle Frische
des Abends
hoffen
in der
ich ruhend
und glücklich
auf dich
warte.

Der nahende Herbst

Ich liebe
das bunte
Laub
das
unter meinen
nackten Füssen
sich feucht
anfühlt.

Die Farbenpracht
lässt mich
staunend
verweilen.

Der Herbstnebel
kommt schnell
näher.
Das bunte
Laub wird blass.

Die Farblosigkeit
lässt mich
hoffend
heimwärts
gehn.

Herbst

Rote Rosen
duften und
blühen
im Herbst
noch
im Garten.

Ihr Leben
kann
in Pracht
auf das
nahende Ende
warten.

Der nahende Winter

Die Nebelwand
lockt
meine Neugierde
ich werde
sie durchbrechen.

Sie öffnet
sich
und weiße
Welten
sind sichtbar.

Vorbei

Du bist
gegangen
mit
meinem Glück.
Du hast
mich
leer gemacht
mir die Sonne
genommen.

Der Tag
ist zu Ende.

Jemand steht
in der Tür
reicht mir
die Hände.

Ein anderes
Glück
kehrt wieder.

Ohne Hass
auf das
was war.

Die Erfüllung
gibt es
nicht nur
ein einziges Mal.

Du suchst das Licht

Das Licht
das du
suchst
im Dunkel
deiner Gedanken
wirst du
gefunden haben
wenn du
bereit bist
es
aufzunehmen.

Abgrund

Wo
der kühle
Abgrund
die Tränen
erfasst
sie
zu einem
Teiche
werden lässt

wo fremde Gefühle
entstehen
wenn
der Eindringling
diese Welt
verstehen
möchte.

Er
wendet sich ab
besteigt
den Hügel
um das
Haus
in der
Sonne
zu sehn.

Beinahe
blendet sein Weiß.

Harmonie

Suche
die Harmonie
des Tages.

Gestatte
nicht dem
Sturmwind
der grollenden
Wolke
die Stärke
zu verleihen
die
deine Zeit
kaputt macht.

Das kleine Licht

Das kleine Licht
in deinem
Zimmer
flackert
in der
leichten
Bewegung
deines Körpers.

Das kleine Licht
in deinem
Zimmer
bleibt
ruhig
in der
stärksten
Bewegung
deiner Seele.

Verblendetes Leben

Verblendetes Leben
wenn du denkst
dass du mit Ehrgeiz
und Raffsucht
das zu
erreichen gelangst
was dich
dann auffrisst
und zerstört.

Kämpfe gegen
diese Mächte
die schauernd dir
die Nacht
gestalten
und du am Morgen
die Sonne
nicht siehst.

Tod und Leben

Voll gesogen
Aufgedunsen
Übersättigt
Freudlos
Schwermütig
Misstrauisch
Unangenehm
Krankhaft
Tot.

Luft
Blütenduft
Frische
Freude
Lächeln
Liebe
Leben.

Last

Die kleinste Last
ist schwer zu tragen
wenn Kräfte
ausgeschöpft.

Doch leere
alles schwere
lächle
schüttle ab
Nebendinge
die nur dich berühren
andere nicht spüren.

Nur du, nur du.
Lasse sie
auch
allein.

Nimm dir

Mitternacht ist vorbei
es weckt der Hahnenschrei
am Sonntag
der es vermag
die Muse
dir zu schenken.

Atme
sauge
nimm
so viel du kannst.

Alles.

Dies und das

Tu dies
tu das
nichts macht Spaß.
Keine Lust
Frust
sitzen
stehn
irgendwann
weiter gehn
doch nur
wenn ich will
ohne Spur
sonst reglos still

.... die Gedanken wandern.

Die Statue

Eine Statue
gemeißelt
aus den Händen
des Meisters.

Herablassender Blick
starr und kalt
schön
perfekt
aus Stein
ohne Sein
auch noch
in tausend Jahren.

Die zerrissene Kreatur

Die zerrissene Kreatur
kann sich nicht
zusammenleimen
mit Pinsel und Kleister.

Die zerrissene Kreatur
kann keine
Fragen stellen
an gesichtslose
Geister
oder gar
an Menschen
die nichts
wissen
weil sie
zu viel
wissen.

Die zerrissene Kreatur
sucht
die Stille
der Nacht
um langsam
vergeblich die Sinne
zu kleben
und
die Realität
zu verkraften.

Ein glücklicher Tag

Ein glücklicher Tag
ist heute
ich habe
ganz einfach nur
gelächelt
und gesagt
das Leben
ist schön.

Ein glücklicher Tag
ist heute
ich habe
ganz einfach nur
in den Spiegel
gesehen
und gesagt
ich liebe mich.

Ein glücklicher Tag
ist heute
ich habe
ganz einfach nur
dir gesagt
ich
liebe dich.

Ein glücklicher Tag
ist heute
ich habe
ganz einfach nur
deine Hand genommen
und bin
mit dir
die Leiter
hinaufgestiegen.

Der Tisch

Oft
warte ich
am Tisch
meiner Träume.
Voll gestopft
mit beschriebenen
Blättern.
Zusammengeknüllt
weggeworfen
auf den Boden
in Nichts geschrumpft
wieder aufgehoben
säuberlich geglättet
etwas daraus
gemacht.

Etwas daraus
geworden
das Denken
belohnt
mit wertvollen
Zeilen
Hoffnung und Glück
versprechend
für jene
die es wollen
und sich nehmen
was ihnen gebührt
was sie lieben
was sie berührt.

Für jene
die sie
nicht erreichen
abschätzend
beiseite legen
von ihrer Seele
fegen.

Glück bringt
der Tisch
meiner Träume.

Melancholie

Die Melancholie
lässt Träume
finden
die ich
niemals
gesucht habe.
Ich wusste
nicht
dass es
sie gibt.

Die Melancholie
lässt mich
mit Freunden
sprechen
die ich
niemals
gefühlt habe.
Ich wusste
nicht
dass sie
mich lieben.

Die Melancholie
lässt mich
glücklich sein
mit meinen
Gedanken
die ich
niemals
gekannt habe.
Ich wusste
nicht
dass sie
unendlich sind.

Meine Welt

Du ahnst
nicht
wie gewaltig
dich
meine Welt
erwartet.

Sie ist
umgeben
von Geheimnissen
die zu
erforschen
du nicht
im Stande bist.

Wahrscheinlich
für alle Zeit.

Hoch oben

Auf der Wolke
hoch oben
befinde
ich mich
sehe herunter
auf dich
erhaben und stark.
Im Schutze
des Himmels
sehe ich
tanzend und klein
wie eine Marionette
dich fügend
nach meinen
Fingern
zwanghaft dich wiegend
nach meinem
Willen fliegend
und todesnah
liegend.
Ich lasse
dich aufstehn.

Gnädig gestatte
ich mir
und der Erde
wieder
Erde zu sein.

Leerer Blick

Verlassen
einsam
im Sessel
sitzend
bei versperrten
Toren
in weite Fernen
leer blickend.

Ein dankbarer
Druck
für eine
gereichte
Hand
dann wieder
fort
leer blickend.

Das Schiff

Das Schiff
gleitet
auf weichen Wellen
hinaus
ins finstere Meer.

Der Blick
zurück ans Ufer
lässt
bunte Lichter
sehn.

Manch einer hebt
winkend
die Hand
bleibt bangend
zurück
an Land.

Am Ufer
bläst
fremder Wind
den Kummer
in das Herz.
Das Schiff
ist
bald unendlich
weit entfernt
und hinterlässt
nichts.

Gedanken

Deine Gedanken
steigen hinauf
in den Turm
der über
dunkle Wolken
hinausragt
in ewiger Sonne
sich erwärmen
und
unendlich sind.

Du

Du
standest plötzlich
vor mir
alles neben dir
verblasste
ich sah
nur dich.

Als ich dir
nach langer Zeit
wieder
begegnet bin
hatte ich
den selben
Gedanken
wie du.

Wir
berührten
einander
ein warmer Hauch
und
kannten uns
schon ewig.

Der steinerne Weg

Der Weg
auf dem
die Steine liegen
wird frei
wenn du
sie
mühsam
entfernst.

Verstehst du ?

Kann
mein Gedanke
dich erreichen ?
Verstehst du
was ich will ?

Oder hast
du nicht
die Gabe
in die
Tiefe
zu gehen ?

Das ist
die echte
Armut
an der
du sterben
kannst.

Ich laufe

Ich bin
gerade
so schnell
im Schritt.
Halte
mich nicht.
Das Glück
ist nicht weit.
Im Lauf
spare
ich Zeit
die ich
verliere
wenn
ich mich
umdrehe.

Der Schatten

Ich fühle
den Schatten
hinter mir.

Meine Schritte
werden
schneller.
Der
Schatten auch.

Zwang

Das
was du
tust
tust du
weil
du es
tun
musst.

Du
denkst
es ist
nicht so
warum
tust
du es ?

Das Theater

Der Vorhang
ist gefallen
das Theater
vorbei.

Die Realität
fängt dich
auf
mit scharfen
Krallen
und hartem
Gesicht.

Der Vorhang
des Theaters
kann sich
wieder
für dich
öffnen.

Die Scheinwelt
beginnt
von neuem
trägt
dich hinein
in das
Zauberland
des Truges.
Du bist glücklich.

Einsamkeit

Einsamkeit
wünscht
sich der
der sie nicht
kennt.

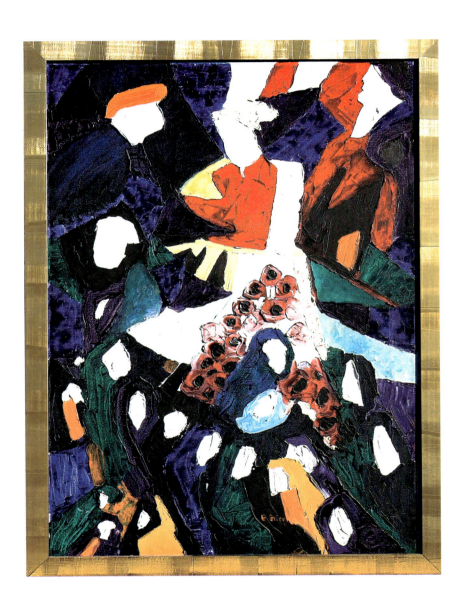

Der Heilige Krieg

Skrupellos ist jener
den ich
zu spät
erkannt.

Mit Gottes
so genannter Liebe
presst er alles
an die Wand.
Hilflos sind
die weißen
Schafe
den schwarzen
ausgesetzt.
Es tobt
und mordet
in der Herde.
Das ist
der Heilige Krieg
auf dass
es Frieden
werde Tod
der einzige
Sieg.

Macht, Kampf
und Gebete
sind vereinbar
nicht
für mich.

Die Orientierung

Die Orientierung
hast du
verloren
weil
andere
den Weg
dir
weisen.

Sei stark
gehe
deinen Weg
selber.

Der Sturm

Der Atem
bleibt weg
wenn
der Sturm
ins Gesicht
bläst.

Wir kämpfen
gegen ihn
an
seine Gewalt
lässt uns
rückwärts baumeln
und fallen.

Eine sanfte
Hand
gibt uns
die Kraft
ihn zu
ertragen
und
aufzustehn.

Das zarte Blatt

Ich sehe
dich wachsen
du zartgrünes Blatt
und
möchte
dich schützen
vor der Kälte
die dich
am Morgen
umgibt.

Die Mittagssonne
wärmt dich
kurz lasse
ich dich
allein.

Wenn
ich wieder komme
wirst du
nicht mehr sein

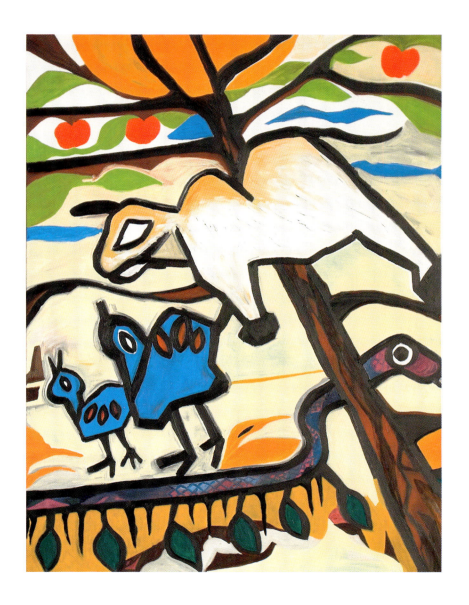

Der Vogel

Der Vogel
wächserne Flügel
hoch in den Lüften
ungeahnte Höhen
nahe der Sonne
der Wärme.

Leichtigkeit
Glück
Vergessenheit
Hitze.

Geschmolzene Flügel
Schwere
kraftlos
Unendlichkeit.

Das goldene Feld

Das Blau
der Kornblumen
hebt uns
in den siebenten
Himmel
des Glücks
lässt
die Last
ablegen
in das
goldene
Feld
der Liebe.

Der Baum

Des Baumes
Schatten
sind endlos
lang und schwarz.

Ich werde
ihn fällen müssen
denke ich

und freue
mich
zugleich
an seinem
Leben.

Die weiße Lilie

Wenn
der Rhythmus der Zeit
mich zu verdrängen droht,
dann suche ich
die Stille
aber sie ist weit
weit entfernt
meiner Seele
weit entfernt
meinem Geist.

Wenn
der Unfrieden
der Zeit mich hilflos
und traurig macht
dann suche ich
die Stille
aber
sie ist weit
weit entfernt
meiner Seele
weit entfernt
meinem Geist.

Einsam
mache ich
mich auf den Weg
lasse mich
dann bleischwer fallen
auf den bemoosten
weichen Boden
und
finde die Stille
in der Blüte
der weißen Lilie
die taufrisch ihren Kopf
der morgendlich
milden Sonne
zuwendet.

Ich bin in ihr
lehne mich
an das Blütenblatt.
Milchige Blässe
hat die rote Hektik
aus meinem
Gesicht verjagt.
Ich muss die Augen
gar nicht schließen
denn der Rhythmus
und der Frieden
sind ganz in meiner Seele
ganz in meinem Geist.

Der Grashalm

Der lange
Grashalm
wiegt im Winde
hin und her.
Dann
setzt sich
ein bunter Schmetterling
quer.

Er schlägt
mit den Flügeln
ist froh und vergnügt
weil ihn
der Grashalm
liebevoll wiegt.

Die Last
des Falters
bringt ihn zu Fall.

Die Feuchte
der Morgendämmerung
und die Ruhe
geben ihm Kraft
sich wieder
aufzurichten.

Die weiße Blüte

Es ist
eine Wehmut
in den Herzen.

Eine Sehnsucht
nach Ruhe
nach Einsamkeit
und Glück.
Wollen wir
die Blüte suchen
in der wir untergehn?
Oder
wollen wir zurück
in das Leben
von Ehrgeiz
verseucht von Neid
und Haß verfolgt
bis zum
letzten Atemzug
verständnislos
gegenüber Idealen
ohne Gefühl
für kleine Dinge
ohne Empfindung
für das Nebenher?

Komm
lass uns gemeinsam
die weiße
Blüte suchen!

Düfte

Die Düfte
fliegen mir
entgegen
vom Frühling
und vom Sommer
ich öffne mich
und bin
voller Glück
keinen Schritt
möchte ich zurück.

Die Düfte
fliegen mir
entgegen
der Früchte
vom bunten Herbst
ich esse sie
und bin
voller Glück
allmählich
bin ich satt.

Die Stille
geht langsam
mir entgegen
diese kalte
winterweite Stille
einen Augenblick
wird mir
bang
die Nächte
sind schwarz
und lang.

Ich erinnere
mich
an die Düfte
die mir
vom Frühling
noch ganz nah
dann ist
der helle Morgen
allmählich
wieder da.

Im Garten der Glückseligkeit.

Schenk
dir ein paar
Stunden
im Garten
der Glückseligkeit.
Vergiss
die Hast
die dich gefunden
und sei
zur Ruhe bereit.

Lass
alle schwarzen Kräfte
weit hinter dir
und lebe
ganz einfach lebe
jetzt endlich
deine Zeit.

Sieh
den roten Mohn
die weißen
Blütensterne
im satten Grün
sieh
die kleinen
Wolken
die unterm
Blau vorüber ziehn.

Benetze
die vertrockneten
Gedanken
mit der
Feuchte
des frischen Quells.

Vollende
deinen Tag
mit dem
was dir
beschieden.

Begreife
und
nimm es.
Es
gehört dir!

Irrweg

Du gehst
den Weg allein
aber
am Wegrand
werden
die farbigen
Blüten bleich
und am
Ende des Weges
landest
du im Nichts
ein Zurück
ist unmöglich.
Dein Blick
ist nach vorne
gerichtet
und der Weg
unter deinen
Füßen verschwindet.

Der Mond
der dir
einmal geleuchtet
hat sein
Licht verloren
und die Sterne
sind heruntergefallen
vom schwarzen Himmel
der drohend
dir entgegenblickt.

Du hast
den falschen
Weg gewählt
flüstern unbarmherzig
die herabhängenden
Zweige
der Weiden
am Ufer des Teiches
zu dem
dein Schritt dich führt.

Immer weicher
wird der Boden
unter deinen Sohlen
bis dich
die unendliche
Tiefe des Wassers
verschlingt
in dem
du vergeblich
das Licht suchst.

Ich komme bald

Ich komme bald
Lass mich noch warten.

Ich will
nicht eilen
hier ist es gut.

Erst soll
die Sonne
am Abend
untergehn.

Im Dunkel
folge ich
deinem Schritt.

Ich lasse
den Mantel fallen.

Nichts zählt

Nichts zählt.
Letztlich das
ist
das Gute
für den
weiten Weg
den die
Reue pflastert.

Glück

Das Glück
des Schwachen
ist die Hand
des Starken.

Danach

Für lange Zeit
ist die Stille
vorherrschend
dann ertönt
das Klagelied
von allen
Lebewesen
die
gegen
Feindlichkeit
und Hass
eintreten.

Das Paradies
wird geboren
und alles
kehrt wieder.

Der Mensch

Sein Gesicht
war erfüllt
von Leben
von Urkraft
Ehrgeiz und Stärke.

So schritt
er den Weg
geradeaus
mit Zuversicht
in Gegenwart
und Zukunft.

Die Welt
tat sich auf
für ihn.
Er nahm und gab
was zu nehmen
und zu geben
war.

Als das
Ziel
am Ende der Tage
vor ihm stand
legte er
die Hüllen ab
und betrat
die Wege
des Lichts.

Ein unendliches
Glück
hat ihn erwartet.

Übersichtstafel Gemälde

Fabelwesen
Bild Seite 13
130/100 cm

Frau
Bild Seite 17
80/90 cm

Leichtigkeit
Bild Seite 23
120/150 cm

Fenster
Bild Seite 27
100/100 cm

Sonnenblume
Bild Seite 31
40/85 cm

Sonne
Bild Seite 37
150/200 cm

Bereitschaft
Bild Seite 41
100/100 cm

Genesung
Bild Seite 47
80/100 cm

Altstadt
Bild Seite 51
30/40 cm

Paradies
Bild Seite 55
80/90 cm

Abendmahl
Bild Seite 77
50/70 cm

Tierwelt
Bild Seite 83
100/130 cm

Widerstand
Bild Seite 99
70/90 cm

Kruzifix
Bild Seite 103
50/60 cm

Beratung
Bild Seite 105
70/90 cm

Nächstenliebe
Bild Seite 111
100/70 cm

Anfang + Ende
Bild Seite 113
195/150 cm

Portrait
Bild Seite 115
30/40 cm